朵朵小語

好喜歡這樣的自己

朵朵 著

朵朵小序

好喜歡這樣的自己

昨天夜裡下了一場雨。今晨醒來，推開窗，深秋的氣息迎面而來，瞬間沁入心扉。餵過貓，也喝過咖啡之後，我在手提帆布袋裡放入筆記本和近日正在讀的書，穿上一雙好走的軟鞋，然後往住家附近的山路上走去。好喜歡早晨，萬物正在甦醒，充滿寧靜卻喜悅的能量，覆滿綠樹的山林尤其清新，即使只是一片小草葉都蘊含著盎然的生機。

山裡的某個地方，是我的秘密基地。

這裡是一處安靜的小山頭，對面是另一座山，兩山之間形成深長的狹谷，谷底有一條河流流過，傳來淙淙水聲。山邊有一棵夏天會開滿小黃花的相思樹，每天早晨，我在樹下讀書，靜坐，冥想，寫小語，聆聽水聲，誦一遍《金剛經》，或是什麼也沒做，只是靜靜地看著天上的雲，常常就這樣看雲看去一整個早晨。

而我好喜歡這樣的「什麼也沒做」。

在什麼也沒做的當下，雲還是在變化，水還是在流動，花草樹木還是在生長，季節還是在輪迴，地球還是在繞著太陽公轉，宇宙自有秩序，而存在其中的我，也就像是一片雲，一朵花，一滴水，融入整個宇宙的流動，感覺萬物的和諧與合一。這樣的時刻，是鑽石一般閃閃發亮的時光，讓我感到無以倫比的幸福。行到水窮處，坐看雲起時。我要的生活，這樣就好。

風的撫觸，光的照拂，草葉的清香，盈耳的水聲，還有天空裡那對老鷹在彼此唱和的歌聲，大自然裡充滿了療癒的能量，讓人平靜喜悅。在這樣的當下，我覺得自己富有得像一個女王，心中充滿恩寵與感謝。日子可以非常簡單，沒有電視，但有令人靜心的音樂；沒有叮叮咚咚不斷響起的訊息，但有讀不完的各類書籍；沒有應接不暇的邀約，但有偎著我取暖的貓。寧靜緩慢的生活，與世無爭的心境，這並不難，只要減去任何不需要的就是了。簡化物質慾望，簡化人際關係，簡化被時間追趕的行程表，不做不想做的事，不見不必見的人，不說不該說的話，不把情緒與心思浪費在不值得的人事物上。把更多的時間和空間留給了自己，才會有靜觀一朵花開的閒情，生活才會更從容靜定，心境也才能更海闊天空。

＊

這是第二十四集《朵朵小語》，以四季分出四個章節，比喻人生裡的四種況味。一年有春夏秋冬，一生有喜怒哀樂和悲歡離合，而無論是在什麼季節，面臨的又是哪種狀況，都不要忘記和自己在一起。

曾經有過天真又浪漫的春天，也曾經有過充滿烈日與暴雨的夏天，時序來到秋天，這是讓人覺得可以平靜接受一切的季節，就算偶爾淋一點雨也沒有關係，因為知道一切都會過去，總會有雨後的晴陽把淋濕的衣裳曬乾。而接著將要來臨的冬天，又會再帶來下一個輪迴的春天。

時間不停地往前，誰也不知道明年此時的自己是如何的模樣？對於未來，我們永遠無法預測。但只要不辜負自己，也就不會辜負了流逝的時間。

所謂不辜負自己就是，做自己想做的事，見自己想見的人，過自己想過的生活，成為自己想要的樣子。

好喜歡這樣的自己，這是好重要的事情。

生活與人生都不是用來和別人比較的，自己喜歡就好。只要是自己覺得舒服的狀態，就是最好的狀態。

親愛的，你想過怎樣的生活？又想成為怎樣的自己呢？

這本小書的出版，我要謝謝承歡，她是最令人放心的編輯。也要謝謝昱琳，她總是能做出最好的美感呈現。還要謝謝在「彭樹君」和「朵朵小語」兩個臉書粉專裡，為這本書票選封面的朋友。

最重要的是，親愛的，我要謝謝你。但願你喜歡自己，也喜歡這本小書。

目次

春　只要往前走，就會把路走出來

夏　做你自己就好

秋　偶爾淋一點雨也沒什麼關係

冬　親愛的，過自己想要的人生吧

春

只要往前走，就會把路走出來

你喜歡自己嗎？

親愛的，你喜歡自己嗎？
有好好地喝水、深呼吸、曬太陽嗎？
有常常鼓勵自己嗎？
有每天運動嗎？
有做夢的勇氣嗎？
有不和別人比較嗎？
有不斷地原諒自己嗎？
有知道自己的美好與價值嗎？
有把自己當成全世界獨一無二的花朵好好照顧嗎？
這世界上唯一能永遠在一起的那個人，就是自己，如果不喜歡自己，那麼日子不是太難過了嗎？

自己和自己的關係，是與他人關係的基礎，只有與自己處得好的人，才能和諧地與他人相處。

也唯有真心喜歡自己，才能真心喜歡自己所置身的世界。

所以，親愛的，你喜歡自己嗎？

心中的幸運草

你可曾聽說過，幸運草的四瓣草葉，分別代表愛情、健康、名譽與財富。

而十萬朵三葉酢醬草中，只會出現一朵四葉的幸運草，如此稀有，就像人生要同時擁有愛情、健康、名譽與財富，也是難能可貴。

那麼，在你的心中種植一株幸運草吧。

那株幸運草的名字是「相信」，你相信你想要擁有的美好，包括愛情、健康、名譽與財富，都會在你的人生中實現。

相信，沒有懷疑，沒有負面的雜念。這樣的「相信」是一種強大的心靈能量，能顯化具體的結果。

外在的一切，都是內在的投射。親愛的，幸運是自己給自己的，因為你相信什麼，什麼就會實現。

迷路之路

聽說某地花開得很美，於是你上路準備賞花去。

但或許是選錯了岔路口，你沒有到達某地，卻誤闖了另一地。

此地沒有你計畫中想看的花，但有山有水，還有你從沒見過的另一種花。

你因為意外的美景而驚喜，心想，若不是迷路，你也不會來到這裡。

人生亦是如此，親愛的，有時就算走岔了路也沒關係，只要繼續往前走，總能看到另一番不在預設中的風景。

而另一番風景，也總有另一種美麗。

安靜地走入自己的內心

「在你能有意識地觀照潛意識的運作之前，它會主導你的人生，而你會以為那是命運。」

榮格的這句話，和莎士比亞說的「個性造成命運」如出一轍。

若是常常在靜心之中自我觀照，就會看見，事情的發展往往在自己內在的脈絡皆有跡可尋。

因此氣定神閒的人總是可以趨吉避凶，不是他們運勢比別人好，而是因為他們不受情緒左右。

所以，與其找人算命，不如安靜下來，走進自己的內心。

親愛的，做一個氣定神閒的人吧，讓內在平靜，讓外在和諧，讓自己更喜歡自己。

宇宙微塵

有一件事，你一直放在心裡，一直過不去。它對你來說，就像一座山一樣巨大。

但若從人造衛星上來看那座山，不過是一條線。再遠一些，放到月球上看，就更模糊難辨。

如果更遠，更遠，從宇宙的邊界來看，別說那座山，連整個地球都是一粒微塵而已。

親愛的，如果你覺得那件事很嚴重，那是因為你把它的重要性放大了，當你有了寬廣的眼界，它就微不足道了。

心裡的窗

隔著緊閉的玻璃窗，你望向外面的世界，只看見灰濛濛的一片。

天氣真不好啊，你想。

然而當你偶然之間打開了窗，看見了蔚藍的天空，才發現灰的不是外面的世界，而是那扇很久沒擦拭的玻璃窗。

於是你瞬間領悟了，當你的內在是灰暗的，外在也就是灰暗的，唯有先拭淨了自己心裡的窗，你的世界才會光亮起來。

親愛的，外在是內在的投射，當外境不順的時候，永遠要先回到自己的內心。

人生法則總是如此：內在清淨了，外在也就安寧了。

先與自己溝通

你說猜不到他的心，不知如何與他溝通，你因此感到十分煩惱。

那麼，你能安住自己的心，與自己溝通嗎？

如果你與自我對話的管道是暢通的，那麼你當明白，在愛別人之前應該先好好愛自己；若想去照顧別人，前提也應該是先好好照顧自己。

當你懂了自己，或許也就懂了別人。

自己就是一切關係的源頭。所以，親愛的，如果你正為了與別人溝通不良而苦惱，就先回到你自己，看著自己的心，與自己溝通吧。

心是無限維度

在你眼前的這個世界，是由長寬高組成的。長乘以寬乘以高所形成的第三維度，只是你所置身的物質世界。至於你心裡的那個世界，則有無限維度。

也因為那是一個無限維度的世界，所以它遠遠高於你所置身的這個物質世界。

換句話說，親愛的，你的心遠大於這個世界。

也因為大於這個世界，所以一切的發生，都是從你心裡先開始，然後才在外在世界顯化出來的。

就像那句古老的箴言：保守你心，勝於保守一切，因為一生的果效，是由心發出。

你的心是個水晶球，映照出的正是你的世界。

世界因你而存在

如果沒有你，就不會有你眼前這個萬丈紅塵、五花八門的世界。是因為你的眼睛，所以這個世界的美麗才被看見。是因為你的耳朵，所以這個世界的音樂才被聽見。

親愛的，是因為你的存在，所以這個世界才存在。

或者說，是因為你有所感受，所以這個世界才被感知。

這個世界不在別處，就在你內心的正中央。因此你的快樂，就是全世界的幸福。

不同的花開

玫瑰是你最喜歡的一種花，如果別人最喜歡的花不是玫瑰，你會說他錯了嗎？

你說：當然不會啊，喜歡什麼花是個人自由，沒有對錯之分。

那麼，那個人對那件事的看法與你不同，你為什麼會覺得他不對呢？

想想看，如果地球上只剩下玫瑰這一種花，那是什麼景象？就算你再喜歡玫瑰，是不是也覺得那樣的世界很單調？

而認為別人應該與你想的一樣，不就是只能允許一種花的存在？

接受不同的看法，就像接受不同的花開。親愛的，春天之所以美麗，就是因為萬物皆能欣欣向榮，就是因為百花齊開。

竹子

有一種竹子，在冒出土之後生長十分緩慢，前四年只能長高三公分，但突破了這個階段之後，就會在很快的速度之內，變成插天的修竹。因為前面那四年，它都在默默地扎根。

對於你現在正在做的事情，也就像是這竹子一樣，看起來成長緩慢，似乎停滯不前，然而那是因為，你正在默默地扎根。

親愛的，對於自己真正想做的事，請堅持下去！那麼，當時間到來的時候，你也將像這竹子一樣快速長高，迎向藍天。

一步就是一個開始

也許這一切看來茫無頭緒，也許你還不知道方向在哪裡，也許想像中的未來形勢一片險峻……但無論如何，就往前跨出一步吧！

只要跨出了一步，即是一個開始。一旦有了開始，才會有實現的可能。若只是東想西想，只是千思萬量，卻什麼也不做，連一步都不曾跨出去，那麼十年後，你還是停留在原地。

希望與勇氣是在行動之中產生的，所以親愛的，就往前走了吧。

只要跨出第一步，能量就會開始流動了。只要繼續往前走著，就會把路走出來了。

你可以讓你的世界更好

這世界是一面鏡子，反射的都是你心裡的狀況。

心裡光亮的時候，看出去的就是風和日麗的景象；心裡陰暗的時候，看出去的則是冷漠以對的人間。

外在是無法改變的，你只能從自己的內在做改變。

改變自己看待這個世界的眼光，去發現美好的一面。

改變自己對待別人的態度，把負面的批評改成正面的讚美。

親愛的，你的世界就是你的責任區，你是它的擁有者，也只有你可以讓它更好。

你的世界是你想出來的

想著你想要的，而不是想著你不想要的。

例如你希望身體健康，就想著自己健康的樣子，而不是憂慮生病。

例如你希望生活富足，就想著自己富足的樣子，而不是擔心貧窮。

思想與情緒都是能量，當你想著什麼，那個什麼就會漸漸強大，甚至成形。所謂心想事成，你的世界就是你想出來的啊。

所以，親愛的，想著好事，讓好事發生；不想要的，就別想了吧。

你想要的結果

如果你希望一件事發生，就要百分之百地相信那件事一定會發生。

而且，你還要感謝宇宙的安排，讓那件事得以發生。

如果沒有相信，不會有任何一朵花的盛開。

如果沒有感謝，也不會有任何一顆果實的結實。

有了意願，有了相信，有了感謝，就靜待事情的發生吧。

親愛的，請記得，意願加上相信，加上感謝，再加上行動，等於力量。

這份力量足以推動整個宇宙，成就你想要的結果。

你的獨特

也許你的外表平平，學經歷平平，各方面的表現都平平，但親愛的，你依然獨特。

因為不會有人和你長得一模一樣，不會有人和你腦內的想法一模一樣，也不會有人和你所做的夢一模一樣。這個世界上只有一個你，絕無僅有的你。

外表、學經歷與各方面的表現，那都是世俗的標準，而你無須拿別人的標準來衡量自己。

重要的是成為一個自己會喜歡的人，所以，親愛的，只要自在地呈現你自己，活出屬於你的風格，那就是你獨一無二的美麗。

林間小徑

林間有兩條路，一條是大多數人走的，另一條卻乏人問津，但這條無人的小徑卻更吸引你。

你知道一旦走上這條路，可能沒有同伴與你同行，一路上也許會很寂寞，遇到困難時也只有自己可以解決，你還願意踏上去嗎？

親愛的，你有勇氣做自己嗎？

大多數人選擇的道路，不一定適合你，你若能勇敢地另闢蹊徑，即使路上有太多的無可預期，卻也是那些寂寞、困難與奮鬥，讓你成為你自己。

也只有成為自己，你才會發自內心地喜歡自己。

以光為目標

有一位心理學家做了一個實驗，他找來一群受試者穿越沙漠與草原，結果發現，當有太陽的時候，受試者們就能往前直行，但當陽光消失時，受試者們看起來是往前走，其實只是繞了一個很大的圈子，最後又走回原點。

人生不也是如此嗎？當前方沒有目標的時候，你走著走著，最後才發現，原來又走回了老路。

親愛的，在人生這條道路上，什麼是你的太陽呢？

那個目標，那個人生的太陽，是充滿光亮的嗎？是值得追尋的嗎？是可以讓你仰望的嗎？是對你、對別人、對這個世界都美好的嗎？

是的，確立了有光的目標，你就能走到想去的地方。

過日子不是填格子

你說你的生活一成不變，每個今天都在重複昨天，如此無聊，讓你不知如何盼望明天。

但是，你每天經過的那條路，一旁的行道樹在春天時開花了，你發現了嗎？今晚的月色特別明亮，你看見了嗎？當下的風正在揚起誰家清脆的風鈴聲，你聽見了嗎？

所以，親愛的，怎麼會是一成不變呢？

如果你只是機械地過日子，生活就成了必須一格又一格去填滿的無聊格子。

若是你用心去感受一切，每天都會有它獨一無二的樣子。

深深深呼吸

心煩意亂的時候，深深地深呼吸。
沮喪失落的時候，深深地深呼吸。
隨時隨地，當你覺得不舒服不開心，就深深地深呼吸。
先緩緩吐去二氧化碳，像是吐去所有你不想要的一切，再悠悠吸入氧氣，
彷彿吸入你希望發生的那些事情。
緩慢悠長的深呼吸，是個人的光合作用，也是最簡單的靜心。
親愛的，在吐氣與吸氣之間感受氣息的交換，也體會自身與宇宙的合一。

移除焦慮

你總是說，你覺得好焦慮。

但當你這麼說的時候，你也總是垂手坐在椅子裡，或是在原地走來走去。

如果你該做什麼而什麼也沒做，當然會焦慮。

如果你只是在原地徘徊，徬徨，猶豫，而不曾往前進，那麼事情將會愈積愈多，而你也將愈來愈焦慮。

親愛的，不想焦慮，就開始做你該做的事情。這是平撫焦慮最好的辦法，也是唯一的途徑。

真心的陪伴

天空對青山說，無論春去秋來，我陪著你。

浪花對沙灘說，不管歲月如流，我伴著你。

你也曾經像天空對待青山，或是浪花守候沙灘，那樣陪伴一個人嗎？

千金散去還復來，但時間只會不斷地流逝，因此最重要的資源不是金錢，而是時間。

所以，親愛的，真心對待一個人，不是買許多東西給他，而是不計時間地陪伴，有如天空對待青山，浪花守候沙灘。

FLOWERS
- & -
GARDEN

現在是最珍貴的

因為心思都在拍照上，你沒有好好享受那餐食物，沒有好好欣賞那片風景，沒有好好體會那段時光。

是的，你是得到了一堆照片，卻也流失了那些當下。照片不過是記憶的碎片，為了日後的回顧而輕忽了現在，這是否是一種本末倒置呢？

若是值得留在記憶裡的，不需要照片的提醒，你也不會忘記。

若是會忘記的，親愛的，也就不值得你用現在去交換了。

斷了訊

你有過那樣的經驗嗎？就像是一艘與基地失聯的太空船，在無邊宇宙裡茫茫地飄浮，不知何時才能回到原有的航道。

不安，徬徨，失去方向，這種種的感覺，都是因為你與自己的內心斷了訊。

當你自我懷疑，你就與自己斷了訊。

當你充滿負面情緒，你就與自己斷了訊。

親愛的，只要心裡有愛，就不會迷失了方向。

只要喜歡自己，對自己有信心，能夠以正面思考，你就會重返正確的航道。

光的祝福

你走在路上，想著心事，偶然抬頭一看，看見了美得不可思議的天空。

遠方有一片沉沉的烏雲，燦爛的陽光卻切開了沉雲，散射而下，發出萬丈光芒。

那樣的美彷彿是個奇蹟，示現了宇宙大能。也是因為那大片的烏雲，才更襯出光的璀璨。

瞬間你心中有所領悟，你想，就像總有烏雲，上天從來沒有允諾給你全部的順境，但只要心中有光，永遠都可以與愛同行。

遠方也許有一場雨，但穿過雨幕，更高的天空裡必然有光的存在。

於是你又想，這美得彷彿奇蹟的一幕，或許是一種來自天空的祝福，祂在告訴你：親愛的，對於前路無須憂懼，只要心中有愛與勇氣，就能輕快地往前奔赴。

夏

做你自己就好

喜歡一個人

你為什麼喜歡一個人？往往是因為那個人的心地善良，或是個性可愛。你並不曾只因為一個人長得好看就喜歡他。

長得好看雖然是一件好事，但那不會是你對某個人評價的標準。

而且長得好不好看，不同的人會有不同的看法，那也從來沒有真正的標準。

重要的永遠是從內心發出的。有一張美麗的臉，只是美了一個人；有一顆美麗的心，才會美了整個世界。

因此，當你喜歡一個人，喜歡的並不是他的臉，而是他的心。

親愛的，同樣的，你喜歡自己，也是因為知道自己有著一顆美麗的心。

只要還在路上

嗨，你正走在自己想走的那條道路上嗎？

你說常常會失望懷疑，偶爾也會疲倦灰心，但畢竟還是一直往前走著，因為除了這條路好像也沒有其他更想走的路了。

那麼就繼續走下去吧。失望也好，懷疑也好，至少你還在你的道路上。

疲倦也好，灰心也好，那也都是在路上必經的過程。

只要還在路上，親愛的，你總會離明天更近一步，總會更靠近你想到達的地方。

不要論斷他人

看見一個年輕力壯的男人坐在捷運的博愛座上，也許你的心裡感到不以為然，但先別論斷他的行徑，因為你並不知道，在他的褲管之下是否裝了一條義肢。

許多時候，事情不像你表面所看見的。你以為是這樣，其實是那樣。你認為是那樣，也許是這樣。

就像許多時候，別人也誤解了你，沒看見表面以下的真相。

己所不欲，勿施於人。你一定不喜歡別人論斷你，那麼親愛的，你也就不要輕易論斷他人。

因為你願意

你為他付出那麼多，你說，那是因為你愛他，所以應該這麼做。

與其說應該，不如說願意。

「應該」是一種被規定之後的無可奈何，「願意」才是出於自由意志的心甘情願。

「應該」表示理所當然，「願意」則是自己的決定。

然而沒有誰為誰的付出是理所當然。你所給出去的，都是你心甘情願的，而不是你應該那麼做的。

所以，親愛的，你為他做的，不是你應該，而是因為你願意。

我的？

你有沒有發現，你所有的煩惱，都是因為「我的」。
「我的」工作，「我的」外表，「我的」財務，「我的」配偶，「我的」孩子……

「我的」愈多，煩惱也就愈多。
但其實所有的「我的」，都不是你的，而是暫時被你保管，為你使用，或現在陪伴著你，與你交會的。

沒有「我的」，一切的一切，都不是恆久的，都是會過去的。
所以，親愛的，你還有什麼好執著的？

一起諦聽寂靜

真正的知己是，你與他在一起時可以無話不談，也可以什麼話都不必說。

就這麼安靜地走著，背靠背坐著，因為感覺到對方的存在而微笑著。

有雲飄過，有風拂過，有鳥兒在天空，有魚群在海洋，在這個當下，萬物各有秩序。而你們在彼此身旁，也像雲像風一樣安然自在。

大自然裡充滿了寂靜的聲音，需要有情的人用心諦聽。

也只有可以一起諦聽寂靜的人，才是可以一起談心的知己。

而親愛的，你就是自己永遠的知己，無論世界如何變化，無論快樂悲傷，不變的是你都喜歡這樣的自己。

宇宙永遠公平

你總覺得上天對你不公平，你常常問：「這種事為什麼要發生在我身上？」

親愛的，事情發生了，一定有它發生的因由，而那超過你的理解與認知，因為事情的萌發往往在你的意識之外，或在久遠之前，可能是今世的功課，可能是前生的因緣。

你無法得知為什麼，但你可以平靜地接受，因為唯有如此，你才能在其中看出創造與改變，否則被你拒絕的事情就只會繼續崩壞而已。

當你看見別人遭受磨難的時候，可曾想過，這種事為什麼沒有發生在自己身上？那麼，當你遇到不喜歡的事，也就無須抱怨為什麼要發生在你身上。不同的事情發生在不同的人身上，各人有各人的因緣與造化，各人有各人的擁有與負擔。

親愛的，人生看似不公平，但宇宙永遠公平。

成為他人的光亮

你說想寫一封信，給某個曾經路過你生命的人。你不知道他的名字，甚至不記得他的樣子，但他曾經在你的人生道路上與你有過短暫卻深刻的交會，他的出現曾經帶來光亮，那樣的光亮或許一瞬卻也久長，當你不經意地回想起他，就看見那樣的光亮依然閃耀在你的前方。

往往是這些陌生人的善意，令人看見生命的光華。

或許在某個人的回憶裡，你也是他心中的光亮。

或許你曾經照耀過某個有過短暫交會卻讓他印象深刻的人，在那一瞬之後，你已遺忘，但他始終牢記久長。

親愛的，是人與人的記憶中這些閃爍的光芒，讓人生的道路遠離黑暗，傾注溫暖，充滿明亮的能量。

你希望聽見好消息嗎？

親愛的，你希望聽見好消息嗎？

你說，誰都希望聽見好消息，但這個世界如此令人憂心，哪有什麼好消息？

當然有的，只是基於回力鏢原則，首先，你必須把好消息帶給別人。

去看見別人的優點，衷心讚美。

去幫助需要幫助的人，樂於分享你的所有。

去用微笑面對這個世界，把正面的力量傳遞出去。

所有給出去的都會回到自己身上來，這是宇宙法則。

所以，親愛的，當你可以把好消息帶給別人，這個世界也就會把更多的好消息帶給你。

你的成長

那個無禮的人對你做了那件無禮的事，讓你感到不太好過，而你需要多久的時間來放下這件事呢？

是三分鐘？三小時？三天？還是三個月？

對於別人的過錯，以前你可能很久之後還覺得耿耿於懷，但現在，你深吸了一口長氣之後，也就一笑置之了。

不再浪費更多時間在不值得的人事物身上，這就是你的成長。

因為這樣的成長，親愛的，你愈來愈平靜自在，也愈來愈喜歡這樣的自己。

拔除心裡的刺

如果你覺得被那個人的言語或眼神刺傷，那往往是因為，你的心中藏著一根刺。

那根刺，是你對他人他事的負面詮釋，以及詮釋所附帶的不良感受。別人可能並非針對你，但你卻以為接收到了某種惡意的訊息。

就算真的是惡意，只要你的內心夠強大穩定，又有誰真的傷害得了你？你的強大就是你的自由，你夠強大也就可以放下。

所以，親愛的，拔除你心裡的那根刺吧。歸根結柢，能刺傷你的，只有你自己；而你若喜歡自己，就不會允許自己受到被刺傷的委屈。

別人沒有在想你

不必管別人怎麼想，而且別人通常根本也沒在關注自己，預設別人對自己的想法其實是一種多心。為了擔心別人的看法而自我設限，從頭到尾不過是自己的內心戲，別人其實渾然不覺，也不在意。

再說，就算別人真的對自己有什麼看法，那重要嗎？生活是自己在過的，人生也是自己要經歷的，何必在乎別人怎麼想怎麼看呢？

親愛的，做你自己就好，做一個讓自己喜歡的人就好，不用去管別人怎麼想，因為每個人想的其實都是他自己，根本沒有別人在想你。

珍惜的方式

那是一件十分美麗的衣裳，你一直捨不得穿，終於從衣櫥裡拿出來的時候，才發現它已經變形走樣。你為此感到痛惜不已。

任何有形之物都有毀壞的時候，這件衣裳本來就只是暫時被你所擁有，所以無須感傷。若有可惜之處，就是你不曾好好使用它。

好好使用，才是珍惜一件物品的方式。因為捨不得用而束之高閣，其實也就冷落了它。

親愛的，人與人之間的情感也是如此啊。

愛要及時，因為你珍惜你的家人，所以在還來得及的時候，好好對待你最親近的人。

因為你珍惜你的朋友，當然也就珍惜彼此在一起的時光，所以找個空閒的一天，約他見見面吧。

假設是別人

為了那件事，你耿耿於懷，後悔自己說錯了話，做錯了決定，因此你一直處在自我責怪的情緒裡。

那麼，請先將「自己」抽離出來，然後用「別人」的眼光看看那件事。

現在你覺得如何呢？

是不是不過是一件微不足道的小事？是不是無關緊要，轉身就會忘記？

太多的事情只有自己會在意，從他者的角度看來，根本不必在意。

親愛的，當自己和自己過不去的時候，就把自己當成別人，用客觀的眼光超越過去吧。

不能被取代的

你知道永生花嗎？

那是在花朵開到最美的時候，趁著新鮮將花採下，再經過乾燥脫水的過程，並以保鮮的化學藥劑取代水分，讓花朵維持鮮豔的色澤與柔軟的觸感。

但就算再怎麼栩栩如生，雖然看起來摸起來都和真的一樣，但永生花和真的鮮花就是不一樣。

因為再好的技術也無法留住花的芳香，那是生命的氣息，屬於靈魂的層次。

親愛的，屬於你的氣息就是你獨特的生命芳香，就像永生花永遠無法取代真的花，也沒有人可以取代獨一無二的你。

所以，就做你自己吧，活成自己喜歡的樣子，活成一朵獨一無二的、真正的花。

平靜是一種決定

你說平靜是一種奢求，總是有太多人太多事令你心煩，要快樂何其容易，人生又何其艱難。

親愛的，其實平靜可以是一種決定。

你決定不被那些人那些事影響，你決定他是他而你是你，你決定在任何狀況下都要保持內在的獨立與安寧。

這是你的決定，也是你給自己的承諾。

沒有任何人任何事值得你失去屬於你的平靜，這是你的人生裡一個很重要的決定。

下了這樣的決定，你得到你的平靜，也得回你的人生。

雜訊

如果有人在背後中傷你，說一些悖離事實的惡言酸語，你該知道，那通常是出於嫉妒的心理。

嫉妒的起因，在於那個人深恨自己不如你，於是試圖用一種陰暗的方式來推倒你。

因此你若認真地生氣，甚至反擊，就中了他的計。

只要靜下心來仔細想想，你就會發現，那個人對你來說本來就不重要，那麼他說的那些話又哪裡值得你放在心裡？

所以就置之腦後吧，那不過是一陣雜訊，其實沒有任何人會在意。

親愛的，正如對於雜訊不必收聽，對於那些話語也不必有反應，只要你不在意，不回應，它們自然就會平息。

棉花牆

你覺得他對你有敵意，因此想起他的時候，你總是悶悶不樂。

但他不是你的家人，不是你的情人，甚至不能算是你的友人，他只是一個偶然會出現在你的生活中、半生不熟的人。

為這麼一個半生不熟的人付出那麼多的情緒，是否有些過度了呢？

再說，你又喜歡他嗎？不，你對他並無任何感情。

所以，親愛的，對他的敵意一笑置之吧！只要你不在意，別人再多的敵意對你來說也不會有任何意義。

讓自己成為一道柔軟的棉花牆，學會淡然處之，那麼就算有人射來再多的箭也無法對你有任何傷害，只是紛紛落地而已。

做一個內心強大的人

親愛的，做一個內心強大的人吧。

內心強大，意謂著想得通，看得透，承受得起。

因為內心強大，所以能夠謙卑。

因為內心強大，所以願意感謝。

因為內心強大，所以可以寬恕。

外在的平和寧靜來自內心的強大，就像平緩的河水必然有著難以目測的深度。

內心強大的人對別人的批判往往一笑置之，也不會在意他人的眼光，因為他心中自有尺度，並且知道自己受到上天眷顧。

陽光與影子

有陽光的地方就一定有影子，每個人也都有他的幸與不幸。

有些人看起來很光鮮，但你並不知道，在他的背後隱藏了怎樣一言難盡的陰暗與悲辛。

就像別人看你，看見的也是明亮光鮮的樣子，只有你自己回頭的時候，才會看見背後的影子。

各人有各人的陽光，各人也有各人的影子。

所以，親愛的，不需要去羨慕別人，上天雖然把你沒有的給了他，但也一定把他沒有的給了你。

說話像開花

天天對一株植物說讚美的話，它會長得枝繁葉茂，開出美麗的花。

天天對另一株植物挑剔、責罵與抱怨，它不但長不好，甚至還可能萎頓枯槁。

植物尚且如此，何況是人。

一句鼓勵的話可以讓一個處於絕望谷底的人得到重生的力量，一句刻薄的話也可能讓一個本來力求振作的人墜入黑暗的深淵。

言語的能量比你所想像得更巨大，因此，說正面的話吧，讓你說出的每一句話，都像一朵美麗的花。

不只要常常以好話鼓舞別人，也要常常以好話鼓舞自己。所以，親愛的，不要給自己負面的訊息，你的日子才會像花開一樣。

誰說你不夠好？

你不夠好。常常，你的心裡會響起這樣的聲音。

做事結果不如預期的時候，與人交往不順利的時候，照鏡子的時候，或是什麼事也沒發生的時候，你都會聽見心裡那個自我批判的聲音。

那個聲音是從哪兒來的？也許是童年時被父母責備，也許是當學生時被老師批評，也許是你早已忘了的原因，總之，那個聲音進入你的潛意識裡，然後就成為你對自己的批判。

但是親愛的，那並不是你內在的聲音，而是外在附加的干擾，那不是真實的。

真實的你已是完整的，所以從來就不需要追求完美。每個人都是一朵獨一無二的花，用自己的方式綻放。

沒有一個嬰兒會覺得自己不夠好，那些聲音都是後來社會化的過程裡，外在附加的干擾。

不是因為你數學考了一百分或吃東西沒有掉在地上，才值得被愛。

愛是沒有條件的，而你愛自己，當然也不需要有任何理由。

你好不好，對不對，美不美，都不重要。重要的是，你是獨一無二的，不需要討好任何人，不需要和任何人做比較。

合一

一切都是合一的。那棵樹，樹上的鳥，鳥上的天空，天空裡的雲，雲落成的雨，雨串成的河，河邊的土地，土地上開的花，花間的蝴蝶，蝴蝶飛過的草地，草地上長出的樹。

一切都是合一的。這段文字，文字裡的意義，以及正在閱讀與思索它的你。

一切都是合一的。這個世界其實沒有分離。

一切都是合一的。你就是他，他就是你。

因此，親愛的，善待別人，就是善待自己；愛這個世界，也就是愛你自己。

秋

偶爾淋一點雨也沒什麼關係

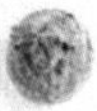

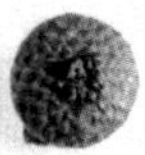

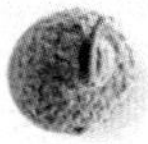

人生施工中

那條路正在施工中，路況不良，所以路上的人和車都得慢慢往前，才能通過被工程阻礙的路段。

就像你的人生，也不是一路暢行無阻，總有需要修復的時候，這時你該放慢你的腳步，甚至停下來等待。

什麼時候修好你不知道，但這樣的時光，讓你學會耐心與自省。

人生施工中，看似是一段充滿困難的考驗時期，但困難之中卻也閃耀著向內心深處而去的意義。

然後不知在什麼時候，你會發現眼前豁然開朗，一切的路障都排除了，又是一條康莊大道。

走在這條道路上的你，少了一些心急與浮躁，多了一些沉靜與謙遜。

而親愛的，你也將更喜歡這樣的自己。

水聲療癒

心情煩憂的時候，在河邊坐著，閉上眼睛，靜靜聆聽流水的聲音吧。

水聲具有某種療癒的魔力，聽著聽著，你心中的那些噪音與雜訊慢慢平息，彷彿所有的煩憂塵勞都隨水流去。

琤琤璁璁的水聲就像在說，逝者如斯夫，不舍晝夜。於是你想，如果時間有聲音，或許就是這滔滔水聲了吧。

聆聽水聲，你感到平靜安寧。

聆聽水聲，你知道一切都會過去。

因為臣服

你總是鞭策自己要努力，要認真，每一件事都要在計畫裡。

於是你時時刻刻戰戰兢兢，因為你總以為，如果事情沒有按部就班地進行，就不會得到預期的結果。

但是，親愛的，事情總是充滿了變數，而所有的變數背後都運行著神秘的旨意，超越你所能了解，也絕非你可以掌握。

所以你不如放輕鬆，學習臣服的藝術。

因為臣服，你信任那冥冥中的帶領，順應宇宙之流，擁抱每一個當下，也接受一切變化。

因為臣服，事情可能不是你所預期的結果，卻可能開了另一朵花，結了另一顆果。

因為臣服，你放下自我，卻得到了內在的平安。

剛剛好

此時此刻，溫度剛剛好，濕度剛剛好，草木欣欣向榮得剛剛好，所以幸福的感覺也剛剛好。

就像這個季節一樣，許多時候，許多事情，需要的不是更好，而是剛剛好。「更好」有一種無止境的追求，「剛剛好」則是當下一切都達到某種平衡的狀態。

剛剛好的滿足，剛剛好的快樂，剛剛好的情誼，剛剛好的心意。

所謂剛剛好，就是不晚也不早，不多也不少。親愛的，懂得剛剛好的哲學，也就有了剛剛好的人生。

不過是一場雨

午後的一場暴雨來得又快又急，走在路上一時無處躲雨的你因此被潑了一身濕淋淋。

就像意外也總是在猝不及防之間當頭降臨，讓人一時不知如何應對而驚懼不已。

然而那不過是一場雨，再怎麼暴烈也一定會過去。

那也不過只是一個意外，人生本來就從未應許任何人可以永遠停留在安逸之境。

親愛的，偶爾淋一點雨沒什麼關係，生命中也該有些預設之外的發生才會有趣。

在雨中唱歌

忽然下起雨來。秋天總有這樣的雨，讓世界變得好清涼的雨。

浠浠瀝瀝的雨聲彷彿輕快的音樂，落在屋頂上，也落在你的心上，溶解了煩悶的塵埃。於是，你的心裡也有了一首歌。

這場雨像是上天給你的安慰與提醒；它在告訴你，正如晴天會忽然轉成雨天，讓你煩憂的一切也會隨著時間而改變。

所以，親愛的，就跟著浠浠瀝瀝的雨聲一起唱歌吧。

能在雨中唱歌的人生，就能在晴天下微笑。

放鬆帶來世界和平

世界和平不是遙不可及的願望，當你放鬆的時候，世界就和平了。

沒有非做不可的事，沒有非見不可的人，沒有非去不可的地方，沒有非完成不可的目標。

沒有什麼一定要怎麼樣。怎麼樣都是可以的。

懶散又何妨？誰說時時刻刻都要兢兢業業？總是不浪費每一分鐘的人活在壓力之中，身心不健康，也讓旁邊的人緊張。

親愛的，適時鬆開自己吧，當你放鬆的時候，世界就和平了，你也進入了和雲朵一起飄遊的天堂。

如果言語有火焰

就像你撒出去的小米被鳥啄了，將再也拾不回來一樣，有些話一旦說出去，就永遠收不回來了。

生氣的時候往往口不擇言，而那些帶著火焰的言語可能會燒傷別人，讓你自己事後懊悔不已。

所以，在你內在有憤怒的當下，最好選擇沉默，慢慢從一數到十，直到怒火平息，再好好地說話。

星火燎原，親愛的，別讓那些帶著火焰的言語燒傷了別人，也毀壞了你自己的世界。

原諒自己的不能原諒

雖然時間已經過去了很久，但想起那件事，你的心情仍有波動。

於是你知道，自己還不能原諒。

然而寬恕別人是一件好重要的事，為什麼自己就做不到呢？

就這樣，在對往事的負面情緒之外，你又產生了對自我的譴責。

不能原諒就不能原諒吧，未能真正放下的時候勉強自己放下，那樣的自在是假的。

接受自己的不能原諒吧，生氣是為了他人的錯誤懲罰自己，責備自己的不能原諒又何嘗不是？

誠實地面對自己，遠比自我壓抑重要。所以，親愛的，原諒自己的不能原諒，正是原諒一切的開始。

海的疑問與天空的回答

海浪一遍又一遍地湧向沙灘，彷彿不斷地提問。天空以朝暉夕陰的雲朵變化，做為無聲的回答。

生命從哪裡來？要到哪裡去？在來去之間，這一切有什麼意義？

走在天空之下、浪潮邊緣的你，心裡也有海一般的疑問，而天也依然以無限空無的遼闊，做為永恆的回答。

你想，浪花去而復返，一如生命周而復始。

你再想，雲朵千變萬化，恰似人生無常。

也許人生無所從來，亦無所去，也許活著本身就是一切的意義。

望著海天交接處那無盡的遠方，你內心的聲音漸漸平息，沒有了疑問，也不再需要任何回答。

人生像游泳

學會游泳的訣竅，在於懂得如何放鬆。

能夠放鬆，就能夠在水面上漂浮。無法放鬆，結果即是沉下去。

這樣的道理適用於人生。

放鬆的人有一種氣定神閒，不受情緒左右，反而可以左右逢源。

緊張的人總是恓恓惶惶，天還沒塌，自己卻先倒下去。

親愛的，每當感到不安時，就閉上眼睛，慢慢地深呼吸五分鐘，想像自己正在水面上漂浮，幫助自己放鬆下來。

並且提醒自己：人生像游泳，放鬆才能看見水面的風景，而放鬆的秘訣在於臣服於水的浮力，讓它帶著自己前進。

有形之物

這件衣服已經舊了，你捨不得丟，你說那上面聯結著某些重要的回憶。

那本書你已經不會再看了，你還是留著，你說那不只是一本書，還是一段閱讀的時光。

於是你什麼也丟不了，什麼都捨不下，所有的東西都被賦予了比它本身更多的意義。

於是你的房子愈來愈擁擠，你在其中幾乎寸步難行。

其實任何有形之物都會在時光之流裡漸漸改變，毀壞，終至消失。親愛的，這個有形之物，其中也包括你。

明白了這一點，人生從此就能豁然開朗，可以放下，可以斷捨離。

落葉的勇氣

一片葉子從枝椏之間飄落，被秋天染紅，在空中翻飛，輕輕墜入流水中，然後展開未知的旅程。

當這片葉子離開它所依附的大樹，從此就只能依靠自己了。

那麼你呢？也有成為一片落葉的勇氣嗎？

在人生的道路上，當你面對前方，發現一切都是未知，你會走上前去嗎？前方充滿無限的可能，可能是天堂，可能是地獄，可能是栽種著藍玫瑰的花園，可能是爬滿幽暗藤蔓的小徑。

然而也唯有走上前去，你才會知道前面等著你的是什麼，也才能成為更讓自己喜歡的自己。

所以，親愛的，你有成為一片落葉的勇氣嗎？

你真的需要那把傘嗎？

不知道從什麼時候起，你習慣出門帶把傘，你說出太陽的時候可以防紫外線，下雨的時候可以避水淋。漸漸地，你愈來愈依賴那把傘，出門一定要帶著它，否則就不安心。

但有一天，你忘了帶傘，而那天出了太陽又下了雨，你才發現灑在身上的陽光其實好溫暖，落在身上的雨水也讓你感到好清涼。

這就好像你一直擔心著某件事，但當那件事真的發生時，你才發現原來自己可以禁得起。

那把傘正代表了某種虛幻的依賴，親愛的，你需要的並不是它，而是任何狀況都能接受的篤定與安然。

真正的安全感就在你的內在，外在如何風吹雨淋或烈日直射都不會影響你。因為你知道，自己其實可以承受一切變化；而且你也知道，往往是想像令人不安，當你真正面對心所擔憂的狀況，就會發現，原來沒有什麼事會過不去。

花朵雲朵和人生一樣總是無常

許多時候，許多事情，都不能只看一時，也不能只看事物的表面。

一如沒有恆定不變的波浪，萬事萬物時時刻刻都在流轉都在變化。所謂無常其實並無厄運之意，它只是提醒你，不要執著，也無須憂愁。

花曾經是種子，雲曾經是雨，花朵雲朵和人生一樣總是無常，而無常是宇宙本常。

一朵花不會永遠停留在含苞的當下，今日的烏雲也不會落雨在明日的海平面上。親愛的，你也一樣，只要往前，人生就會有不同的模樣。

單純的存在

靜靜坐著，閉上眼睛，什麼也不想，什麼也不做，只是全心全意地與自己在一起，感覺自己的存在。

不想那些已經做過的事，也不想那些還沒去做的事。你放下過去與未來，只有現在。你在現在感覺自己單純的存在。

如此單純的存在，是把自己從忙碌擾攘中暫時釋放的方法。

在單純的存在裡，你感到放鬆、清淨、寧靜、喜悅，也感到在這當下回到了自己永恆的內在。

放過自己

因為對自己的不滿意，你又進入了罪疚的地獄。

這就好像你的內在有一個嚴厲的老師，總是在責備自己的表現不如預期。

事事要求做到最好，讓你充滿了焦慮，於是你自己覺得緊繃，也讓別人感到無形的壓力。

何不就坦然接受自己總有不足的時刻？

親愛的，放過自己吧。

放下對自己的批判，告別那個嚴厲的老師，從此離開那個自我責備的地獄。

食物的療癒

寒冷的時候，你想的是暖洋洋的火鍋。

酷熱的時候，你又渴望來一杯透心涼的冰淇淋。

食物對你來說常常是一種療癒，不只是舌尖上的慾望，也是某種精神性的安慰與補償。

你吃下去的東西會成為你的一部分，並與這個世界產生某種聯結：一個橘子不只是一個橘子，還是整個宇宙的生成；一塊餅乾也不只是一塊餅乾，還是所有相關工作的人們齊心努力的結果。

所以，親愛的，懷著感謝的心情進食吧，讓食物成為你身心的滋養。

帶著感謝的心吃進去的食物，也就會為你帶來美好的療癒。

樹蔭之下

坐在樹蔭之下，抬頭仰望，在枝葉掩映中，你看見一個廣漠無邊的穹蒼。

有風吹過，有雲飄過，有鳥飛過，天空彷彿成為時光的投影機，你的心中也有一幕幕的往事掠過。

無論曾經悲傷也好，曾經失落也好，而此刻的你唯有平靜，往事掠過了，所有的是非好壞也就過去了。

在這樣的當下，一切都可以釋然，都可以原諒。

在這樣的當下，一切都已經過去，也都已經被原諒。

甜甜圈

甜甜圈如果沒有那個洞，就不是甜甜圈了。

人生如果沒有一些缺憾，也就少了幾分惆悵與傷痛。

但是哪有無缺的人生呢？人生都是不完美的。

親愛的，接受那些缺憾，那些不完美，並且告訴自己：自己的人生自己明白就好。每個人心中都有自己的洞，別人無法體會。

是因為那個洞，才成就了甜甜圈。也是因為那些惆悵與傷痛，才讓你更深刻地了解自己，並且明白人生的況味。

像船一樣

為什麼船可以在水面上悠游，而不是沉下去？

因為船有一個寬廣的胸襟，能夠容納足夠的重量。

也因為船置身在一個流動的世界，而不是僵滯的狀態。

還因為船總是面對著前方，前進的是一個無盡的海洋。

親愛的，對於那些過往，你也要有胸襟去包容，還要隨時讓它過去。

那麼，你也會在人生的水面上悠游，自由自在，海闊天空，像船一樣。

靜默是一種能量

就像藍色不足以形容海洋，也不足以形容天空，有太多時候，沒有任何言語能表達你的感受。

那麼，就保持靜默吧。

在你傷心的時候，憤怒的時候，無言以對的時候。

在你感動的時候，流淚的時候，被愛充滿的時候。

靜默本身就像是海洋一樣深沉的能量，也像天空一樣無邊，往往比喋喋不休表達了更多言語所無法表達的。

親愛的，有時多說不僅無益，而且說得愈多，誤解愈多。也有時候，你什麼都沒說，但已什麼都說了。

暫停，回到自己

在上一件事和下一件事之間，你暫停下來。

或許喝杯茶，或許到陽台上吹吹風，也或許只是單純地發發呆。

總之，在事與事的空隙之間，你留下一點小小的空白，回到自己。

回到自己，感覺自己的存在，感覺呼吸在生命之間進出的氣息。

暫停，是為了繼續。

這一點小小的空白，卻有著大大的必要，它讓你再度記起自己為什麼在這裡，又要往哪裡去。

擦窗子

關於那件事，你想了又想仍然想不明白，不知該如何是好。

那麼，找一塊抹布，去擦擦窗子吧。

把玻璃上的髒汙抹去，彷彿是把你心裡那些困惑拭去。你擦著擦著，窗子愈來愈乾淨，你的心也愈來愈透明。

這扇窗就像你的心境，當你把一扇窗擦得亮晶晶，好似也就把你的心拭淨。

親愛的，當一件事想不透的時候，就去擦擦窗子吧。你會有明亮的窗子，也會有清楚的心境。

讓生命自行開展

你的內在有這麼一個地方，那兒有超越一切的平靜，當你能停留在那樣深刻的靜默裡，願意讓生命之流作主，沒有憂慮，沒有恐懼，沒有評論，沒有判斷，就是單純地跟著這股流動往前走，那麼人生將會自然地走向生命要帶領你去的地方。

親愛的，宇宙遠比你所想的要慷慨與豐富。生命要給你的，也遠多於你為自己抓取的。

因為宇宙是全知的，在宇宙時間裡，所有的過去現在和未來都同時存在；但你的認知是有限的，所以你往往以現在的眼光與經驗來擔憂茫茫不可知的未來。

所以，許多時候，就讓生命像河流一樣自行開展吧，你只需要順勢而為。

信任上天的計畫，臣服宇宙之流的帶領，把自己交托給存在，並且感謝一切的發生。

然後，放下一切擔憂，做你想做的事情，生命將會自行開展，把你帶去你該去的地方，讓你成為你想成為的自己。

冬

親愛的，過自己想要的人生吧

喜歡自己的勇氣

喜歡自己，是需要勇氣的。

因為那意謂著，你不會為了別人的眼光而扭曲自己，也不會為了別人與你想的不一樣就失去對自己的信心。

喜歡自己的勇氣，來自於你明白不需要與別人比較，也絕不會拿自己與別人做比較。

你知道自己是獨一無二的存在，本來就是無法比較。

你也知道別人怎麼看你怎麼說你怎麼想你都是別人的事，對你來說根本不重要。

重要的是，你愛你自己，尊重你自己，你知道自己是一朵自在的花，面對朗朗晴空，盛開在陽光之下。

親愛的，你有喜歡自己的勇氣嗎？

不抱怨的世界

你不會喜歡和愛抱怨的人在一起，但你也會在不知不覺間發出抱怨。「我沒有在抱怨！那個人真的很討厭啊……」而且你還否認自己在抱怨。抱怨的人，注意的都在外面，看到的都是不以為然的人，不以為然的事。

但抱怨不但會招來更多的抱怨，因為心想事成的吸引力法則，還會讓你的抱怨變成事實。

然而你當然不希望你的抱怨帶來這樣的結果，那麼你要如何讓自己不再抱怨呢？

方法很簡單，把注意外在的眼光轉向內在，你就把抱怨轉成了自我覺察。

當你時時刻刻都向內看，你不會再關注那些讓你不以為然的人事物，也就不會再抱怨。

當你時時刻刻都向內看，你知道心靈的力量大於一切，這樣的認知也就改變了你的世界。

不接受你不想要的

如果有人辱罵了你，而你覺得那不是事實，你會怎麼做呢？

佛陀的做法是心平氣和地問那個辱罵他的人：若是有人送你一份包裹，而你不接受，那麼這個包裹屬於誰？那人說：屬於送的一方。

佛陀說：同樣的道理，你對我的辱罵，我並不接受，所以你的辱罵還是屬於你。

所以，親愛的，拒絕收下不屬於你的包裹。

當別人用言語攻擊你，如果你因此氣急敗壞，就是收下了那些話語；但你若保持平靜，無動於衷，不以情緒隨之起舞，那麼那個人就算說再多難聽的話，也只是在說他自己而已。

順流

如果那件事已成定局，那麼，不必強留，就讓它走。

沒有固定不動的樣態，沒有固定不變的事情，當變動來臨的時候，看起來總像是意外，但一段時間之後回頭再看，你才會發現原來那是個改變的契機。

就像河道總有轉彎，但它最終的方向一定是大海，你的人生河道也總有某種曲折，然而再怎麼拐彎也會走到你該去的地方。

親愛的，跟隨宇宙之流往前走吧，不必憂懼，不要回頭。

順著流走，就會展開自己的河道。

順著流走，就會流向屬於你的遼闊海洋。

內在的天使

有人問米開朗基羅，為什麼能創作出那些栩栩如生的雕像？

他說：「因為我看見了大理石裡的天使，所以我必須不斷雕刻，直到釋放他，讓他自由為止。」

人生不也是如此嗎？有個真正的你在你之內，需要你認真把那個靈魂活出來，直到釋放那個靈魂，讓你真正自由為止。

你就是自己人生的創作者，所以，你看見了自己內在那個天使嗎？

親愛的，做你自己，把那個真正的自己從內在活出來吧。

在於你自己

也許你會說，都是因為那個不快樂的童年經驗，還有那個傷害你的人，才讓你變成現在這樣。

但親愛的，你知道嗎？不是任何人任何事造就了你，而是你選擇成為現在的自己。

抱怨與怪罪，讓你成為一個你。寬恕與釋懷，讓你成為另一個你。

一切的選擇都在於你自己，所以，親愛的，你想成為怎樣的自己呢？

世界是一面鏡子

那個人沒有笑容，他的表情看起來很緊繃，彷彿心事重重。

你不喜歡那種僵硬的表情，因此心裡生起一種判斷，你想：這個人真冷漠啊！

然而一個電光石火之間，你忽然驚覺，那個人不是別人，正是鏡子裡的你自己。

你焦慮了起來，原來自己是這個樣子啊，沒有笑容的臉真不討人喜歡啊，怎麼辦呢？該怎麼改變自己臉上的表情呢？你看著鏡子發呆。

然後又是一個電光石火之間，你忽然領悟，這是鏡子，你無法改變它，你只能改變自己。

於是你笑了，鏡子裡的你也笑了。

親愛的，就像這面鏡子一樣，外在的一切都是你內在的投射，你的信念系統、思維模式、情緒反應的投射，因此一切的改

變從來不在外面，而是必須從你的心中改變。

一切的發生，都在你之內，這個世界是一面鏡子，一旦改變了內在，你也就改變了外在。

水邊的石頭

接受一切發生，像一塊水邊的石頭，看著流水不斷地從眼前流過。落葉流過，落花也流過，那些飄過眼前的都是瞬間的現象，而你保持靜默不動，只是看著。

你知道所有的事情其實沒有是非好壞，只是在該發生的時候發生了，所以你無須歡喜悲嘆，更不必忿忿批判。

當人生處於動盪時，要能成為一塊水邊的石頭，看著一切過來，也看著一切過去。

世事如水流，親愛的，在動盪之中給自己一份平安，宛如水邊的石頭，不驚不怒，無怨無尤。

有愛的人

你的身旁無人陪伴，因此你黯自神傷。
但親愛的，你能感覺到陽光灑落在你身上的溫度嗎？
雖然無人陪伴，卻有閃亮亮如鑽石般的陽光溫暖的陪伴呢。
所以出門去曬曬太陽，感受來自宇宙的光與愛吧。
這個世界何其美好，宇宙何其無私，而你若心中有愛就日日和煦。
快樂不在於有沒有人愛，而在於自己是不是一個有愛的人。
因此，親愛的，你當知曉，只要心中有愛，愛就無處不在。

宇宙給你的回應

你抛出了一個疑問，但無人回應，周圍一切靜悄悄的沒有任何變化，你覺得你的疑問彷彿淡入無形的空氣裡。

但其實你的疑問並沒有消失，在日後不知什麼時候，你會得到宇宙給你的回應，只是你必須用心去體會。

一朵落花，一陣急雨，偶然間聽來的一句話語，書裡不經意讀到的一段文字，只要觸動了你的心，都可能是上天回覆的答案。

親愛的，用心去感受生活中的細節，這個世界就充滿了你心靈的回音。

幸福在於懂得滿足

生活可以很繁複，為了累積更多的金錢，更多的名聲和成就。

生活也可以很簡單，沒有太多的物質慾望，沒有一定要達成什麼目標。

而什麼是幸福呢？是擁有不斷攀升的存款數字，還是擁有可以微笑看著一朵花開的閒情？

懂得滿足的你，就是最幸福的人。

因此你說，只要有風有光有花開，也就一無所求。

你也明白，只要日子能尋常地過下去，就是別無他想的幸福。

Love
Dream

現在的悲傷不是永遠

很久以後，你回首來時路，才發現不知什麼時候，經過的路上已開滿了花。

但在很久以前，曾經在這條路上，你觸目所見只有一片荒涼。

局限在一時一地，你只能感受局部，唯有經過一段歲月之後，你才能看見全局。

所以，親愛的，不要以為現在的悲傷就是永遠，還有太多你意想不到的事情，會在你意想不到的時候，以你意想不到的方式發生。

那是往後當你驀然回首時，將會有的領悟，而那就是時間帶給你的禮物。

那條路上有心嗎？

你來到人生的岔路口，眼前的兩條路都籠著煙霧，讓你不知如何抉擇。哪一條路會通向你要的方向，哪一條路會埋伏著凶險？面對眼前完全的未知，你遲遲跨不出下一步。

此時此刻，只要問問你自己，哪條路上有包涵著一顆熱切的心呢？有心的那條路，就是值得你全力往前奔赴的道路。

親愛的，人生有限，做自己真正想做的事吧，這樣你才會到達自己真正想去的地方。

空水壺

你的注意力常常都在別人身上，這些別人包括你的家人，你的朋友，你的同事或同學；你總是努力對別人好，卻忘了對自己好。

但你也常常感到失落，為什麼別人對你的付出，似乎都不在乎？

親愛的，把注意力轉回自己身上來吧。

就像一只空空的水壺無法倒水給別人，當你感到疲憊的時候，也不能帶給他人滋養。如果你不懂得對自己好，那麼你給予別人的也是一場空。

所以，在照顧別人之前，請先照顧自己。當滋養自己足夠了，再倒水給別人。

接納你自己

愛是完全地接納。愛自己，就是完全地接納自己。

接納自己的是與非，好與壞。也接納自己的榮耀與挫折，快樂與悲傷。

是愛讓星月閃耀，是愛讓花草生長，也是愛讓河流匯入海洋。

愛是讓這個地球運轉的能量，而愛的路徑只能從你的心裡出發。

親愛的，完全地接納你自己吧。對自己的愛是一切愛的前提，如果你不愛自己，這個世界就不會有光，也不會有花香。

倒影

你總是在意別人的眼光，猜想著別人對你的評價。你也常常從別人的表情中揣測對方的想法，擔心自己在他人心目中的形象。

但親愛的，那真的是你的多心，因為每個人看的想的都是自己，就像你在意的也只是你自己一樣。

你對一個人的感覺，往往都是自我內在的某個聯結，換句話說，那只與自己有關，而與別人無關。

人人都是在別人的身上看見自己的倒影，一如神秘學家說的：這個世界並沒有別人，只有自己。

拿回生命的主權

「都是他的錯！」真的是這樣嗎？

也許看起來確實是別人所犯的錯誤，但如果你覺得問題都在別人，那麼那件事將不會有改正的可能。

當你知道改變必須從自己做起時，你才拿回了主權。你不再對那樣的狀態束手無策，因為你知道自己就是改變的關鍵。

親愛的，你是自己的主人。只有你能為自己的人生負責，也只有你能決定自己的生命是煙花還是火焰。

這個世界為你所有

你常常覺得自己很窮，你說與別人相較之下，自己簡直一無所有。那麼，現在就走到屋外去，看看天空，天空裡的白雲，白雲堆積的山頭，山頭拂過來的風，風裡的陽光，陽光下閃動著光影的樹葉，樹葉中穿梭飛舞的蝴蝶……這個世界如此美好豐富，在你注意它的這一刻，你就擁有了它。

真正的貧窮是忙得沒有時間抬頭看天空一眼，真正的一無所有是穿過這個世界卻對它渾然不覺。

用心去感受，這個世界就為你所有。所以，親愛的，張開雙臂擁抱眼前這個世界吧，你是如此富有。

創作療癒

創作是一種療癒，一種與自己的對話，需要內在的孤獨與寧靜。

在虛空中，你把某個東西創造出來，那可能是一篇文章，一首音樂，一幅繪畫，或是一場肢體表演。

它本來是不存在的，是因為你的靈感，以及執行，讓它成為這個世界的一部分。

但那個結果如何還在其次，真正重要的是創作的過程，那其中的忘我與投入，會讓你感到泉湧而出的喜悅。

也因為那樣的喜悅，所以療癒得以發生。

愛始終如一

若是今天愛一個人，明天就覺得不愛了。親愛的，那不是愛，而是迷戀。
迷戀是一時之迷，是有時限的戀，但愛不會改變，不會消失不見。
就像山間總是有雲霧，就像海裡總是有浪花，愛也像是一種恆星，始終在你的天空裡閃耀。

愛不是一種模糊的心情，也不是一種迷離的感覺。
愛是光，是維持生命的能量，是創造萬物的火焰。
愛的能量不滅，愛也始終如一。
親愛的，用這樣的愛來愛你自己，從今天到未來的每一個明天。

感謝一切的發生

每天晚上，回想一日的發生，找一件感謝的事，想一個感謝的人，養成一種感謝的習慣。

感謝的時候，你的心輪會敞開，接收到更高的宇宙頻率，然後改變你的能量狀態，讓事情朝更好的方向進行。

如果你正為了某件事而困擾，感謝也能帶你脫離目前的困境。

因此一個常常心存感謝的人，一定也是一個被天使眷顧的人。那並不是他生來就如此幸運，而是他懂得感謝。

親愛的，若你能從內心深處感謝一切的發生，生命會有很大的變化。當你以感謝面對這個世界，世界也就會呈現給你更美好的樣子。

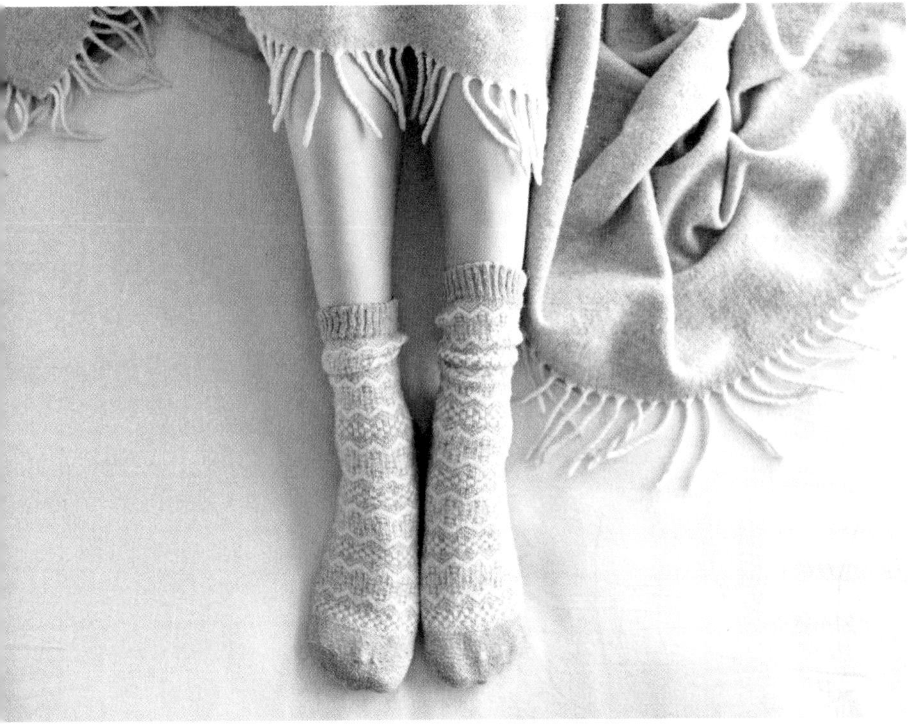

預見綠葉滿枝

任何事都有一體兩面，只要仔細想想，你就會發現，那件你認為好糟糕的事，也有它負面的啟示。

能在任何事裡都看見好的一面，這是樂觀。以樂觀行走於人世，就不會輕易被一點小挫敗擊倒，因為樂觀的人總能看穿烏雲背後有著陽光的存在，也總能預見綠葉滿枝的來年。

所以凡事樂觀以對吧，親愛的，決定你的世界是繁盛或蕭寂，永遠都是你的心思與意念。

寫給自己的信

親愛的，你是否想寫一封信給某個人，是否有許多想對他說的話？無論那是快樂還是憂傷，都寫下來吧。

當你用文字捕捉了那些浮光掠影，讓它們在你的生命中再次清晰顯影，你才能凝視它們，然後放下那些過往，讓它們隨風而逝。

其實所有的信都是寫給自己的，當你對著別人訴說什麼的時候，聆聽的都是自己，映照的也都是自己內在的心境。

然後，你會有你的了悟與平靜，也有你的海闊天空和雲淡風輕。

如果明天是最後一天

如果明天是最後一天，你還會對小事怨怒生氣嗎？

如果明天是最後一天，你最想去做的是什麼事情？

如果明天是最後一天，你希望與誰一起度過此刻？

活在時間裡的你並沒有感到時光的流逝，所以總是一天又過一天，好似還有無數個明天，其實誰也不知道明天還有沒有明天。

親愛的，常常想著明天可能是最後一天，你才會知道要如何度過每一個今天。

憂慮的解藥

當你憂慮的時候，感謝是最好的解藥。

感謝你所擔心的事並沒有發生。感謝事情將以另一種方式進行。感謝上天總是眷愛著你。感謝一切都是最好的安排。

當你在感謝的時候，不安就消失了。感謝與憂慮無法同時存在。

也因為感謝帶來的平靜，悄悄改變了某些無形的磁場，所以事情就會真的以另一種方式進行，於是一切真的都是最好的安排，而你也真的被上天眷愛。

屬於你的好天氣

窗外的天氣濕淋淋又冷冰冰，你說，真希望是有陽光的好天氣。

卻也是在這樣的天氣裡，火鍋特別美味，咖啡特別好喝，泡熱水澡特別舒服。

不是每天都有陽光，但你永遠可以做一些讓自己快樂的事情，把每一天都變成自己喜歡的天氣。

只要有好心情的時候，就是你的好天氣。

親愛的，你的天空由你創造，你可以保留淒風苦雨，也可以變化風和日麗。

自己的人生

親愛的，你曾經認真想過真正想要的人生嗎？

不是依附別人，不是需要別人認同，也不是與別人比較的人生。

是可以讓你真心快樂的人生，就算別人覺得不怎麼樣但自己依然喜愛的人生。

你若是正在過著這樣的人生，那麼你的人生就沒有白過。

有自己的價值觀，自己的想法，自己的堅持，然後過自己真正想要的人生吧。總有一天你會知道，人生終究是自己的，與他人毫無關係。

親愛的，只要自己覺得幸福，那就是你的美好人生。

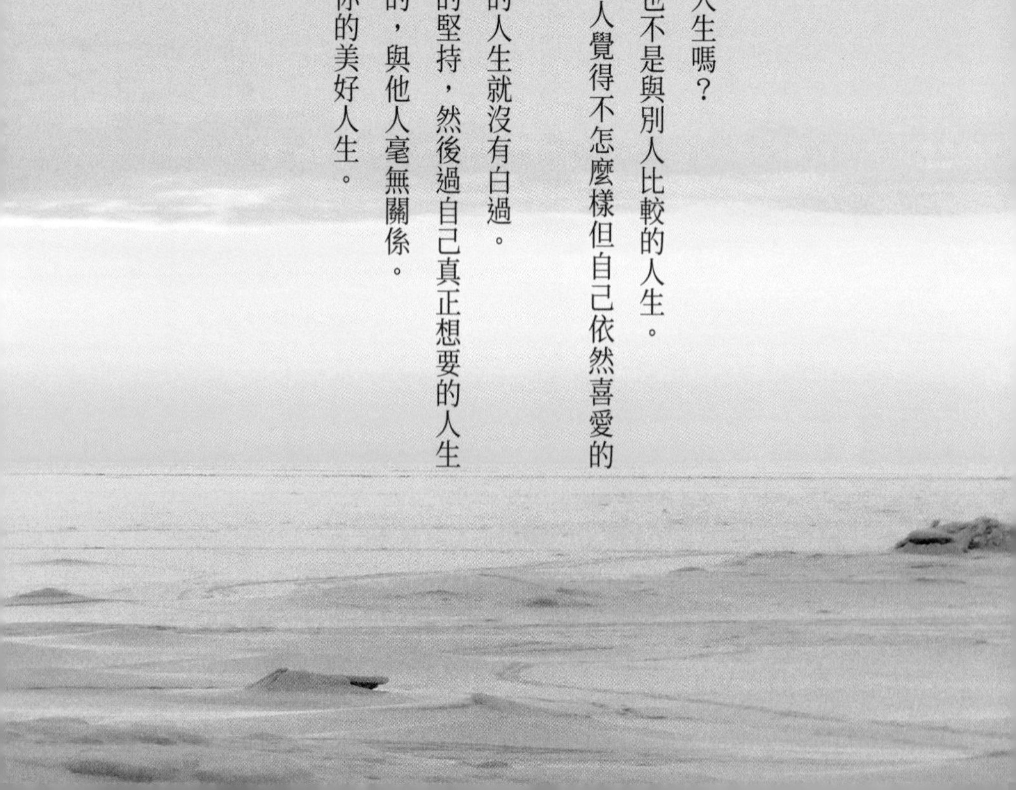

國家圖書館出版品預行編目資料

朵朵小語：好喜歡這樣的自己 / 朵朵著 . -- 初版 .
-- 臺北市：皇冠 , 2018. 12
面；公分 . --（皇冠叢書；第 4731 種）(TEA TIME；
11)
ISBN 978-957-33-3414-9（平裝）

855　　　　107020080

皇冠叢書第 4731 種
TEA TIME 11

朵朵小語：
好喜歡這樣的自己

作　　者—朵朵
發 行 人—平雲
出版發行—皇冠文化出版有限公司
臺北市敦化北路 120 巷 50 號
電話◎ 02-27168888
郵撥帳號◎ 15261516 號
皇冠出版社（香港）有限公司
香港上環文咸東街 50 號寶恒商業中心
23 樓 2301-3 室
電話◎ 2529-1778　傳真◎ 2527-0904
總 編 輯—龔橞甄
責任主編—許婷婷
責任編輯—蔡承歡
美術設計—嚴昱琳
著作完成日期— 2018 年 12 月
初版一刷日期— 2018 年 12 月

法律顧問—王惠光律師

讀者服務傳真專線◎ 02-27150507
電腦編號◎ 421011
ISBN ◎ 978-957-33-3414-9
Printed in Taiwan
本書定價◎新臺幣 280 元 / 港幣 93 元